KB184985

개구리가 되고 싶어

개구리가 되고 싶어

김화진

위즈덤하우스

차례

개구리가 되고 싶어 ·· 7

작가의 말 ·· 63

김화진 작가 인터뷰 ·· 71

내 책상 위에는 온천물에 몸을 담근
개구리 한 마리가 있다. 손 작은 성인의
새끼손가락만 한 크기의 작고 똘망한 개구리.
이 개구리는 도쿄 어느 동네의 작은 가게에서
사 왔다. 도쿄에서 온통 개구리인 개구리
상점에 들어가보았고 그 가게의 이름은
럭키 프로기. 두 단어가 모두 좋았다. 행운의
개구리. 그러나 정확히 말하자면 행운의
개구리여서 좋았던 것은 아니고, 행운이어도
좋고 개구리여도 좋고, 둘 중 하나만 해도

전부 좋아서 좋은 것이다.

그곳에서 정수리에 수건을 얹고
노천탕에서 반신욕을 하는 작은 개구리
도자기 인형을 샀다. 작은 연못 같은 야외
온천탕에 몸을 담근 작은 개구리를 보고
있자면 마음이 편안해졌다. 개구리야 편해
보여 좋구나. 너를 보며 뜨거운 물에 반신욕
하는 상상을 할게. 온몸이 노곤해진다고
믿어볼게. 작고 정교한 도자기 개구리 인형이
그런 실감 나는 평온함을 주리라곤 예상하지
못했다. 행운의 개구리. 그건 그것에게 퍽
걸맞은 이름이었다.

도쿄에는 직장인이 된 지 8년 차에야 처음
가봤다. 오사카나 후쿠오카는 가봤는데. 한
번도 가보지 않았지만 너무 익숙해서 왠지
다녀온 것만 같은 곳. 진짜로 다녀온 도쿄는
내 상상보다 훨씬 컸고, 너무 컸고, 사람이

많았고, 쇼핑의 천국이었으며 뭘 먹으려고
해도 얼마간은 줄을 서서 기다려야 했다. 내가
너무 성수기에 갔나? 좁고 자세한 골목골목을
다녀야 진짜배기를 경험할 수 있는데
널찍하고 큰 도로로만 다녔나? 다른 때에
가면 도쿄는 다른 모습일까? 아마 그렇겠지.

처음 가본 대도시에서 가장 중심이
되는 큰 도로로만 걷는 것은 명동역에서
홍대에서 대로만 따라 걷는 일과 똑같을
테니까. 그리고 비교적 우리가 좋아하는 것들,
찾고 싶고 가고 싶어 하는 곳들은 그런 곳에
없다. 대로 옆 사이사이 낯선 주택가를 끼고
이어지는 모세혈관 같은 좁고 작은 골목에
있다. 나만 아는 곳, 우리만 아는 곳, 하물며
여행지에서도 그런 것을 원하는 것이다. 나만
아는 게 뭐, 그렇게 중요하다고.

나만 아는 것이 중요하다는 생각은

아무래도 남들은 다 아는 걸 나만 즐기지
못하고 있다는 데서 오는 것 같기도
하다. 다른 사람들은 몰라도 나에게는
얼마간 그렇다. 도쿄의 명소들은 나의
조바심을 일으켰다. 오모테산도에서도,
아키하바라에서도, 시부야에서도, 긴자에서도
좋은 것이 별로 없었다. 너무 크고, 너무
비싸고, 너무 많았다. 럭키 프로기가 있던
기치조지는 그런 나를 아주 잘 달래준
곳이었다.

그곳은 남들도 알고 나도 좀 아는
곳이었다. 실은 나만 아는 곳 같은 건
없으니까. 그러니까 나는 그런 곳이 좋았다.
나도 조금, 너도 조금 아는 곳. 이때 안다는
것은 실제 정보의 양이 아니라 그런 느낌일
뿐이다. 이 동네는 어쩐지 내가 알 것 같아,
하는 느낌. 남들이 너무 많이 알지는 않을 것

같은 세계. 그리고 그 동네는 수경을 떠올리게
해서, 나는 그곳에서 수경에게 줄 선물 몇
개를 골랐다.

　　수경은 그 동네 같은 사람, 그러니까 조금
아는 사람이었다. 너무 많이는 모르겠고,
조금은 알 것 같은 사람. 알 것 같은 느낌의
정도가 딱 좋은 사람. 그래서인지 도쿄의
그 동네를 생각하면 수경이 생각난다. 진짜
수경을 떠올리면 어쩐지 수경은 도쿄보다는
대만을 좋아하고 대만 쪽이 수경과 어울리는
것 같은데 나는 도쿄를 생각하면 수경이
생각난다. 뭔가를 떠올리면 뒤따라오는 것.
그 둘을 뒤집으면 결과가 같지 않다는 것이
재밌다. 언제나 그렇게 딱 떨어지지 않는 것이
사람의 머릿속이고 생각이란 것이다.

✦

　수경을 알게 된 지는 4년 정도 되었다.
4년 동안 무척 자주 만난 건 아니지만, 언젠가
이후로 부쩍 편해진 사이다. 그를 처음 만난
것은 출근 후와 퇴근 후가 지루해 죽을 것
같던 권태기가 시작되었을 무렵. 그때 나는
친하게 지내던 회사 후배와 일주일에 한
번은 술을 마셨다. 둘이 놀다 지쳐 매번 같은
이야기만 하게 돼 머쓱해졌을 때 즈음 우리는
번갈아가며 초대 손님을 부르기 시작했는데,
수경은 그때 온 사람 중 한 명이었다. 그는
후배의 대학 친구로 프리랜서 디자이너였고
술과 잠과 여행을 좋아했다. 술과 잠을
좋아했지만 여행은 썩 좋아하지 않던
나에게는 신선한 유형의 사람.

　수경은 오자마자 맥주를 몇 잔 마신 나나

후배와 별다르지 않은 텐션과 살가움으로
그간 다닌 여행지에서 있었던 재밌는 일들을
이야기해주었고, 나는 그런 수경을 단번에
좋아하게 되었다. 수경을 처음 만난 날 우리는
나이가 무색하게 동이 틀 때까지 술을 마셨다.
그 시간 동안 무슨 얘기를 그렇게 했는지는
기억도 나지 않고, 중요하지도 않았다.
단지 즐거움. 그 시간에 즐거움이 있었다는
사실만이 중요했다. 즐거움이 머무는 순간은
별로 없으니까. 저녁 8시에 만나 아침 6시에
헤어지며 서로 조금 민망해했지만, 머지않아
다시 만나게 되었고 나는 음, 역시 즐겁군,
하고 이 만남의 소중함을 받아들였다.
    내가 가장 지루하던 시기에 홀연히
나타나준 수경은 내 눈에는 즐거움의 신처럼
보였다. 좋아하는 것이 많은 사람. 바삐
돌아다니는 사람. 내가 모르는 나라와 도시의

재미난 이야기를 수집해 들려주는 나의 쥘
베른, 나의 걸리버……. 이야기가 마르지 않는
수경이 신기해서 나는 취해서 풀린 눈을
가늘게 뜨고 수경을 바라보기도 했다. 저 작은
몸에 어떻게 저 이야기가 다 들어 있지…….
손오공에 나오는 깊고 깊은 마술 호리병
같다……. 그런 생각을 하며.

　　여행이라곤 여간 다니지 않던 내가
느닷없이 홀로 도쿄 여행을 결심하게 된
데에도 수경의 영향이 조금은 있었다. 나도
수경처럼 홀로 떠나고 다녀와서 수경처럼
얘기해보고 싶었던 것이다. 저렇게 신나게,
즐겁게, 몇 년 전의 여행도 어제 다녀온
것처럼 생생하게, 이야기를 들려주는 사람의
표정이 좋아서 그곳에 가보고 싶게 만드는
수경처럼. 단번에 될 수는 없겠지만 그 모습이
좋아 보였고 나도 별다를 것 없는 일상의

반복이 지루하고 지루하다면 안 해본 것을
해봐야겠다! 하는 마음이었다.

　　결론을 말하자면 수경처럼 여행하고
수경처럼 여행기를 말하는 데에는 실패했다.
앞서 얘기한 것처럼 도쿄 여행의 대부분
나는 흥미를 느끼지 못했고 다만 내가
오래오래 걷는 데, 배고픔을 참는 데, 뭔가를
기다리는 데 재능이 있다는 것을 깨달았으며
기치조지의 작은 가게에서 도자기로 된 작은
개구리 인형을 얻었다. 셈하고 보니 얻은 게
많네. 얻은 게 많지만 도쿄 여행 이후로도
나의 권태기는 아직 진행 중이다. 수경은
대단한 사람이 맞지만, 대단한 사람이 한 명
나타난다고 해서 끝날 권태기는 아니었던
모양이다. 나는 내가 하는 모든 것이 재미가
없었다. 그중 하루 아홉 시간을 꼬박 9년을
다닌 회사가 가장 지루했다.

입사하고 3년 차까지는 홀로 그런 걸 챙겼었다. 입사 기념일. 퇴근을 하고 가고 싶던 카페에 가서 커피와 케이크를 시켜 1년 동안 회사를 잘 다닌 나를 대견해하고 기뻐해주었다. 그것만으로 뿌듯하고 기쁘던 시절이 있었는데. 아마 4년 차 때부터 하지 않게 된 것 같다. 그게 어쩌면 나에게 회사가, 회사에서의 나 자신이 익숙해졌다는 방증 같은 것이었을까? 그런 의미에서 나의 권태는 좋은 점도 있고, 나쁜 점도 있다.

좋은 점은 이제 더 이상 회사에서 이유 없이 긴장하거나 오들오들 떨지 않는다는 것. 나쁜 점은 무엇에도 설레거나 기대하지 않는다는 것. 좋은 점은 누구를 만족시키기 위해 애쓰지 않는다는 것. 나쁜 점은 내게도 만족스러울 일이 거의 없다는 것. 좋은 점은 누군가의 인정을 받고 싶어 안달복달하지

않는다는 것. 나쁜 점은 아무것도 상관이
없어져서 벅찰 일도 없다는 것. 좋은 점은
예전만큼 근무 시간 내 심경이 일분일초
일희일비 오르락내리락하지 않는다는 것.
나쁜 점은 그럼에도 불구하고 간간이 업무에
사람에 빈정 상하는 일은 있어서 올라가는
일은 없어도 아래로는 내려간다는 것.

❖

　　나와 비교하자면 수경은 훨씬 그득한
이야기보따리의 소유자였지만, 수경이 들려준
이야기가 모두 재밌는 것은 아니었다. 그저
그런 것도 있고, 말도 안 되는 것도 있고.
　　이를테면 수경은 얼마 전까지만 해도
여행 유튜브 채널을 운영했는데, 나로서는
여행 유튜브에서 흔히 볼 수 있는, 누군가는

흥미롭게 볼 법한—조회 수를 높일
법한—사건 사고 에피소드가 싫었다. 수경의
유튜브 섬네일에도 뭐 이런 식으로 적혀 있던
것 같다. '호주 공항에서 캐리어 분실……!
이게 무슨 일이야' '[실제 상황] 파리 여행
중 500만 원 잃어버림……' '캣콜링 아직도
있다? 기분 더러움 주의' '이유 없이 친절했던
레스토랑 직원 실체' 같은 것들. 여전히
수경의 채널에 들어가면 그 영상들이 있고,
수경이란 사람이 무척 궁금했지만 그것들을
보고 싶진 않았다.

  어떤 사람들은 왜 자신이 겪은 힘든 일을
영상으로 제작해 남기기까지 하고, 또 다른
어떤 사람들은 누군가가 겪은 불운한 사건
사고에 관심을 가지고 영상을 보는지……
나로서는 이해할 수가 없었다. 나는 수경의
여행 영상을 좋아하는 1만 5천 명의 구독자는

아니란 소리였다. 1만 5천 명이라니, 많다면 많고, 적으면 적은 숫자였다. 그런 것을 제외하고, 수경이 들려준 그저 그런 말도 안 되는 이야기가 내게 가장 재밌는 이야기였을 때가 있었는데, 그것은 연기 이야기였다.

오랜만에 맥주가 아니라 소주를 마신 날이었다. 수경은 꼴꼴꼴 소주를 따르다가 소주병을 의미심장하게 내려놓더니 말했다. 이제는 말해도 될 것 같아, 그런 느낌의 의미심장함이었다.

나 잠깐씩 연기가 돼.

뭐?

스스스스, 이렇게.

그렇게 말하며 수경은 몸을 떨어 보였다. 스스스스, 하는 소리에 맞춰. 나는 그런 수경을 멀뚱히 바라볼 뿐이었다. 웃을 수도 있었겠지만 웃을 타이밍을 놓쳤다. 그러니까

그건 재미가 없다기보다…… 어디서 웃어야
할지 모르는 미지의 재미 같았다. 아는 사람은
웃을 것 같은데, 나는 그게 뭔지 몰라서 웃질
못하는 것이다. 그래서인지 조금 박탈감이
들었다. 얜 이런 이야기도 할 줄 아나? 수경
이전에 그렇게 말하는 사람은 내 주변에
없었다. 그런 독특함이 수경을 즐거움의
신처럼 보이게 했을지도 모른다.

어떨 때 연기가 되는데?

나는 가까스로 침착함을 되찾고 물었다.
차라리 더 몽롱해지는 편이 낫겠다 싶어
소주를 한 잔 더 마셨다. 그때 나는 어떻게든
수경이 던져준 이 이야기에서 재미를 찾고
싶었다.

두 번 본 것 같은 장면에서 연기가 돼.

두 번 본 것 같은 장면……?

수경의 말을 앵무새처럼 그대로

되풀이하며 나는 나의 재미없는 대답에 초조해졌다. 그래, 그때의 나는 (지금도 그렇지만) 재미에 좀 미쳐 있었다. 모든 것을 재미의 관점에서 바라보았다. 수경의 얼굴은 취기로 달아올라 있었지만 표정만은 진지했다.

데자뷰 같은 순간 있지? 이 순간 꿈에서 본 것 같은데, 하는 순간. 그걸 느끼는 순간에 나는 스스스스 연기가 돼서 잠깐 여기에 없어.

연기가 돼서 어디로 가는데?

전에 같은 장면을 봤던 꿈에.

나랑 있던 순간에도 연기가 됐던 적이 있어?

응.

제법 단호하게 대답하며 수경은 눈을 느리게 깜빡 감았다 떴다. 까암빡, 이렇게. 그 순간 나는 조금 알 것 같았다.

혹시 지금?

맞아.

수경의 얼굴에 기특하다는 표정이
떠올랐다. 이제야 좀 말이 통하네, 같은
자막이 지나가는 것 같았다. 말이 되고 안
되고는 중요하지 않았다. 이제야 수경과
대화를 주고받을 수 있다는 마음에 뿌듯해진
나는 꼬리를 흔드는 강아지처럼 재차 물었다.

그럼 내가 이 얘길 전에 들었던 거네?
이렇게 똑같이 물어봤던 거네?

그렇지.

수경은 크게 고개를 끄덕였다. 그 순간
나는 내 몸속에, 막 하나가 펼쳐지는 듯한
느낌을 받았다. 마치 대칭으로 반듯하게 놓인
쇄골에 커튼을 걸고 그 커튼을 촤락, 내린
듯한 기분이었다. 1막 1장 시작이요, 그런
느낌이었다. 쇄골에서 멋지게 떨어진 커튼을

양쪽으로 걷으며 등장하는 수경. 그 안에서는
수경이 구성한 극이 대기 중이다. 수경이
연기가 되어 이전에 벌어졌던 꿈속에 다녀올
때마다 에피소드가 하나씩 쌓이는 것이다.
부잣집 곳간처럼. 나는 그 넉넉함에 저절로
어깨가 펴졌다.

❖

　　수경은 이후에도 종종, 그 자신도 예상치
못하는 순간에 연기가 되곤 했다. 하물며
내가 먹은 것 중에 가장 맛있었다고, 너도
먹어보라고 말하며 메밀차를 타서 건네주는
순간에도 잠깐 연기가 되었다. 내가 이건
티백 아니고 메밀 알갱이를 타서 불려 먹는
건데 향도 티백에 비할 바가 아니고 무엇보다
이 알갱이까지 씹어 먹어도 된다, 그게

진짜 좋다, 하고 호들갑을 떨 때였다. 1초 남짓이었지만 수경의 공기가 착 가라앉은 것 같아 놓치지 않고 물었다.

이 순간이 전에도 있었어?

응.

이제는 익숙한 질문과 대답이 오가고 나는 그제야 묻는 게 신기할 정도로 늦은 질문을 던졌다.

네 꿈속에 나는 어때?

다들 현실이랑 비슷해. 너도 나도. 꿈속에서 신기한 게 있다면, 시점이 달라. 자유자재야. 나는 네 옆에 있을 뿐인데 네가 입안에 남은 메밀을 씹을 때 어떤 느낌이 나는지 느껴지는 거야. 찻물을 우리고 거기 남은 메밀이 적당히 불어서 통통하고 약간 찰기가 있고 씹으면 꼬득꼬득하고 고소한 맛. 그 맛에 네가 흡족해하는 게 느껴져. 시점과

감각이 연결된 것처럼 너와 함께 있을 수
있어.

놀랍네.

그건 정말 놀라웠다. '이 순간이 전에도
있었어?' 그 질문은 내가 수경에게 가장 자주
하는 질문이 되었다. 1초와 2초 사이, 수경이
응, 이라고 대답할지 아니, 라고 대답할지
기다리는 그 짧은 순간만은 나는 권태롭지
않았다. 그런 순간이 아닐 때에는, 그러니까
대부분의 시간에 나는 무척이나 권태로웠다.
이유를 알 수 없는 권태. 뭔가를 좋아하지도
싫어하지도 않는 무관심의 나날들.

무엇이라도 좋으니 무엇인가가 내 권태를
깨주길 바랐다. 권태는 현재 상태에 대한
불만족이기도 해서, 권태의 땅 위로 불만족이
만들어내는 은은한 분노가 생겨났다. 그것은
크루아상의 겹처럼 쌓인다. 크루아상이다.

그러니까 단단하지도 않다는 뜻이다. 더
단단한 것이 누르면 그대로 파사삭 하고
부서지고 말 것이다. 그러나 인간의 속은
말랑해서 크루아상 분노는 오래 보존된다.
파사삭하고 눌러줄 손가락 하나만 있으면
되는데. 손가락은 어디에서 오나. 외부에서?
아니면 내 안에서? 그렇다면 그건 언제 오나?
전조가 있나? 나는 아직도 그걸 모른다.

　　그걸 알고 싶어서, 권태-분노-크루아상을
부수기 위해 나름대로 노력이란 걸 해봤다.
일단 여기저기 가봤다. 먼 곳으로 가서
환경을 풍경을 바꿔보자는 마음으로. 도쿄도
그래서 가게 된 것이고…… 충동적으로
연차를 쓰고 강릉에 가기도 했다. 그렇다면
왜 강릉이냐…… 만만했기 때문이다. 그나마
친숙한 곳이 강원도였다. 성인이 되고 나서는
자주 간 적도 없는데, 하지만 그 어디에도

자주 간 적이 없는 나에게는 그나마 친숙한
곳이었다. 어릴 때 강원도에 있는 친척 집에
맡겨졌던 적이 있었기 때문이다. 그곳이
강릉은 아니었지만. 그래도 강원도라는 건
내 뇌 속에 있는 것이다. 경상도와 전라도와
충청도가 영 멀게만 느껴지는 것과 달리.

　　내가 여행을 떠난 날은 경칩이었다.
개구리가 깨는 날. 여행의 의욕이 가득했던
나는 개구리처럼 일찍 깼다. 출근할 때는
절대 그렇게 못 일어나면서…… 출근길보다
멀지만 출근길보다 가뿐한 강릉으로 가는
버스 안에서, 나는 내가 없는 사무실 책상에서
얌전히 반신욕 중인 개구리를 떠올렸다.
경칩이다 개구리야. 아직 많이 춥지만, 확실히
이전보다 낮의 온도가 올라가는 게 느껴졌다.
그러나 권태는 마찬가지. 강릉에 도착하고
몇 시간은 나름 즐거웠다. 알아봐둔 식당을

찾고, 바다를 향해 걷고, 커피 마실 곳을
찾으며 나름 허둥지둥 분주했다. 그러나
점점, 속절없이 무료함이 차오르기 시작했다.
머릿속에서 끊임없이 상념을 제작하고 그걸
길바닥에 흘리면서 걷고 걸어도, 시간이
남았다. 나는 지루함으로 초조할 때까지
초조해져 수경에게 연락을 했고, 수경은
강릉에 오겠다고 했다. 혼자인 나를 위해.

　　수경은 갈게, 라고 말하면 진짜 왔다.
언제나 그랬다. 못 올 때면 못 가, 라고 말했다.
온다고 하고 오지 않은 적은 없었다. 그날도
그랬다. 혼자서 보내는 세 시간은 세상이
잘못됐나 싶을 정도로 느리게 흘러갔는데,
수경을 기다리기 시작하자 세 시간은 금방
흘렀다. 즐거움의 신처럼 홀연히 강릉에
등장한 수경은 권태를 거둬가고 깨달음을
안겨주었다. 그건 서울이 아닌 곳에서 친구를

만나면 무척이나 반갑다는 사실이었다. 혹은
친구 사이까지는 아니었던 사람도 서울이
아닌 곳에서 만나면 친구가 될 확률이 높다는
것. 그 이유는 서울에서 만나는 것보다 더
수고롭기 때문이다.

수경이 나타나자 초조함이 걷히고 눈앞이
또렷해진 것처럼 주위가 다시 보였다. 바다도
전보다 아름답고, 길거리의 간판도 혼자일
때보다 흥미진진했다. 함께 걸으면 걸음에
박자가 생겼고 그게 몹시 경쾌했다. 강릉의
유명한 카페에서 시그니처 음료가 아닌
라테를 테이크아웃하며 수경은 말했다.

봄에는 라테가 마시고 싶어진다.

어, 그거…….

순간 나는 반사적으로 어 그거 누가
많이 하던 얘긴데…… 라고 말하려다 황급히
입을 다물었다. 그런 나를 아랑곳하지 않고

수경은 노래하듯 말했다. 쫀쫀한 거품을
입술에 묻혀가며 마시고 감탄하고 연신 달고
고소하다, 오길 잘했다, 그런 말을 했다.
가볍고 사뿐해 보였다. 그런 수경이 너무
부러워서 눈물이 날 것 같았다. 너는 어쩜
그렇게 좋니? 왜 볼 때마다 좋니? 왜……
나는 그런 게 안 되니? 수경처럼 살아보려고
꽤나 노력이라도 한 것처럼 속으로 투덜댔다.
실은 노력한 건 별로 없고 늘 나 살던 대로
살았으면서.

  아무것도 하지 않는 사람이 가장 잘하는
건 남 탓. 남 탓은 정말 쉽다. 그건 애쓰지
않아도 그냥 갖다 붙이면, 우기기만 하면
된다. 내가 탓하는 그 사람은 모르겠지만,
나에게 탓을 듣게 된 데에는 그 어떠한 이유도
없다. 그냥, 잘못 걸렸을 뿐이다. 세상만사가
삐뚤어져 보이는 나에게, 하필 당신이 보이고

만 것이다. 수경은 이런 내 마음을 모른다.

모르겠지. 알면서도 나랑 친구 해주진 않을

노릇이니까. 그렇게 속으로 웅얼거리고

있는데 수경이 말했다.

가은, 다른 사람을 좀 좋아해봐.

어?

나는 불에 덴 듯 놀랐다. 내 마음을

읽었나? 하긴, 연기가 되기도 하는 수경인데.

혹시 방금도 연기가 되었던 거면 꿈속에서 이

모든 상황을 자유로운 시점으로 본 수경은

내 마음을 알지도 모르는 일이었다. 얼굴이

화끈거리고 혀가 굳었다. 무슨 말을 해야 할지

알 수 없었다. 목구멍에 석고를 부은 것처럼

딱딱하게 서 있는 나를 툭 치며 수경이 평소와

똑같은 표정으로 말했다.

나 막 도착했을 때, 너 엄청 심심한

표정이었단 말이야. 다른 사람을 궁금해해봐.

그럼 덜 심심하지.

❖

경칩은 추웠다. 낮에는 따뜻한 햇볕이
몸을 데워주었으나 해가 떨어지기 시작하자
곧바로 싸늘해졌다. 일교차에 몸을 떨다가
숙소로 들어온 우리는 뜨거운 물에 몸을 씻고
편안한 옷으로 갈아입었다. 개운해진 몸에
기분이 좋아진 상태로 욕실에서 나왔을 때,
수경은 숙소 테이블에 챙겨온 타로 카드를
늘어놓는 중이었다.

이야기를 끊임없이 할 수 있는 수경의
능력은 타로를 보는 데 탁월했다. 탁월하다고
설명하는 게 모자랄 정도로, 수경의 이야기
능력은 타로 카드가 있을 때 몇 배는 더
멋지고 놀라웠다. 카드가 하늘을 나는

양탄자라도 된 듯했고 수경의 목소리는 그
위에 가볍게 올라타 경로를 상상하지 못할
만큼 자유롭게 허공을 누볐다. 몇 개의 그림과
순서만 있으면 수경은 카드를 고른 이에게
빛나는 이야기를 선물했다.

　　나는 기치조지의 가게에서 온천 개구리만
산 게 아니라 수경에게 줄 개구리 타로 카드도
샀다. 어딘가 천연덕스럽고 또 의뭉스럽고
귀여워 보이는 동시에 수상하고 징그럽게도
보이는 개구리들. 수경이 들려주는 이야기와
그런 이야기를 할 때 들리는 수경의 음색,
높낮이, 속도와 잘 어울리는 개구리들이었다.
내가 선물한 카드로 수경은 나를 위해 타로를
봐주었다. 내가 고른 세 장의 카드를 차례대로
뒤집으며 수경은 천천히 카드의 이름을
말해주었다.

　　은둔자, 인내, 황제.

그게 뭔데?

너한테 올해의 사자성어가 있다면
고진감래야. 오래 기다려왔던 걸 맞이하게 될
거야.

뭘?

모르지. 뭐가 됐건 지금 하라는데?

수경이 말했다. 오래 순수하게 내가 바란
것……? 수경의 영험한 카드가 분명 뭔가
말해준 것 같은데 도통 떠오르는 게 없었다.
보통 계시처럼 떠오르지 않나, 오래도록
바라온 것은. 그런데 머릿속에 손을 집어넣고
휘젓는 상상을 해봐도 뭔가 건져지는 게
없었다.

나 하고 싶은 게 진짜 없어.

그래?

응. 퇴사? 퇴사 정도?

정말?

응……. 아니.

가슴에 손을 얹고 생각해보면 진짜
퇴사가 하고 싶은 것도 아니었다. 회사에서
하는 일들이 죽도록 싫은 건 아니니까.
아무리 심드렁해도 잘하고 싶은 마음은 남아
있으니까. 다달이 받는 월급은 좋으니까.
그건 그냥…… 그냥 하는 소리에 가까웠다.
스스로도 모를 마음이었다. 내가 원하는 건
뭘까. 퇴사가 아니면…… 그냥 휴직인가? 이
뿌옇고 무기력한 마음이 지나갈 때까지 몸도
가만히 놔두는 것? 수경은 고민에 빠진 나
대신 카드를, 카드의 개구리들이 짓는 서로
다른 괴이쩍은 표정들을 들여다보며 물었다.
목소리가 작고 낮아서 혼잣말에 가까운 것
같기도 했다.

사실은…… 이것 말고 뭐가 더 있다고
생각하는 거 아니야? 이게 단가? 이게 다야?

그런 마음이 권태를 만드는 것 같은데.

그런가. 나는 사실 삶에 뭔가 더 있을
거라고 생각하는 건가. 그런 거였나. 수경의
말을 듣자 곰곰이 생각하게 되었다.

기대했다가 실망한 게 있는 거 아니야?

음…… 나는 고개를 끄덕일 수밖에 없었다.
그래, 있었다. 기대했던 모험이 중지됐던 때가.
모험을 할 때, 그때 나에게는 야망이 있었다.
작고 소중한 야망이. 그런데 그것이 사라졌지.
더 이상은 말이 없는 나를 보채지 않고 수경이
개구리 타로 카드를 사사삭 정리하는 동안
나는 그 생각을 할까 말까 고민했다. 모험
중지는 생각 중지. 나는 오래도록 그 일을
생각하지 않기로 했었다. 타로 카드를 섞는
수경을 바라보며 그가 카페를 나오며 내게
문득 던졌던 말이 떠올랐다. 다른 사람을
궁금해해봐. 그럼 덜 심심하지.

어쩌면 수경은 나를 처음 만났던 그날도
잠깐 연기가 되어 미리 다 봤던 것 아닐까?
나를 만나게 될 줄. 나와 가까워지게 될
줄. 가까웠던 나와 완의 관계가 연기처럼
스러지게 될 줄 말이다.

내가 마지막으로 궁금해한 사람은
완이다. 내게 수경을 소개해준 회사 후배.
나에게 수경을 남기고, 완은 떠났다. 수경과
가까워지는 동안 완과는 멀어졌다. 나의 몇
번째 입사 기념일이 조금 지난 어느 여름에
완은 퇴사했다. 수경을 생각하면 완이
떠오르고, 더 이상 완을 떠올리지 않기로
한 나는 수경을 바라볼 때면 더없이 얄궂고
서러운 기분에 휩싸였지만 그런 내 기분을,
완에 대한 이야기를 수경에게 꺼낸 적이 없다.

수경은 가끔 나에게 완의 이야기를
했다. 어제 완네 집에 다녀왔어. 완은 내년에

이사한대. 애기 유치원 때문에. 완은 또
이직했대. 완은 이제 퇴근하고 요가 하러
간대. 시부모님이 애를 봐줘서 시간 낼 수
있대. 그런 말들. 그렇구나. 그 둘은 여전히
만나고, 또 친밀하게 만나는 것이다. 나와
수경이 만나고, 수경과 완이 만나고, 나와
완은 만나지 않는다. 나는 그래서 완의
이야기를 수경에게 할 수 없었다. 완이 나의
기대와 모험심을 가지고 가버렸다는 것도.

❖

　　완은 내가 힘들 때 나를 회사 뒷마당
가장 차갑고 서늘한 구석으로 데려가 이끼를
보여준 사람이다. 나는 울음 섞인 한숨을
내쉬며 말없이 완이 보여주는 이끼를 바라본
적이 있다. 이끼는 의외로 작고 귀엽고,

선명하고 산뜻하고, 보들보들해 보였다.
그리고 고개를 들었을 때, 야무져 보이는
작은 입과 곧은 코 때문에 말 걸기 쉽지 않은
인상이라고 생각한 완의 얼굴이 보들보들해
보였다.

완은 나보다 1년 늦게 입사했다. 내가
1년 먼저 다니고 있었다고 해도 뒤이어
들어온 완에게 회사에 대해 뭔가 능숙하게
알려줄 만한 것은 전혀 없었고…… 우리는
그냥 서로에게 기대었다. 혼자서는 무서워도
둘이서는 좀 덜 무서웠으니까. 선배에게
모르는 걸 너무 많이 물어보면 혼날까 봐
둘이서 머리를 맞대고 타이밍을 재다가
모르는 걸 반반 나눠서 물어보았다. 한 명이
어쩌다 뭘 알게 되면 즉시 다른 한 명에게
공유했다. 그건 우리만의 첩보 작전 같았다.

누가 들으면 뭘 그렇게까지 하냐고, 그런

거에 뭐 그렇게 진지하냐고, 너희들에게
아무도 관심 없다며 웃겠지만. 그 관심
없음이 무서워서 질문할 수 없는 신입 사원의
마음을 선배들은 몰랐다. 우리만 우리에게
관심이 있었고, 우리는 관심이 좀 필요한
올챙이들이었다.

　　완과 나는 죽이 잘 맞았다. 돌이켜보면
뭐가 딱히 잘 맞았다기보다, 운이 잘 맞았다.
동시에 서로가 서로를 마음에 들어하는,
열정적으로 좋아하는, 친구의 자리에 서로를
들이는 그 타이밍이 잘 맞았다. 서로의 존재는
서로에게 큰 위안이고 용기였다. 입이 험한
팀장이 실수에 비해 과도하게 윽박지를 때,
뒤끝을 가지고 일주일 내내 빈정거릴 때,
미움을 받는 한 사람이 옥상에 올라가 울면
다른 사람이 얼음물을 들고 뒤따라 올라갔다.
서로의 등을 쓸어준 게 적어도 열 번은

되었다. 옆자리 선배가 이유 모르게 거슬리게
할 때 혹은 우리를 거슬려 할 때, 그러니까
오전 내내 한숨을 푹푹 쉬고 뭘 물어도 제대로
알려주지 않고 그저 냉랭하게 가은 씨 몇
년 차예요? 그거 몰라서 물어보는 거예요?
같은 말로 되물을 때, 함께 채팅으로 내내
그 선배를 씹었다. 타자를 조용히 치려고
노력하면서. 욕하며 웃고 나면 기분이 풀렸다.
기분이 풀리면 고마움과 든든함이 밀려왔다.

　　어느 날 완이 나에게 이왕 회사에 다닐
거, 좋음을 발명하는 방식으로 다니면
어떻겠냐고 제안했다. 발명 좋지. 그런데
어떻게? 차근차근 해봐야지. 안 하던 걸 하는
거지. 그냥 다녀도 힘이 죽죽 빠지는 거,
생각을 전환해보는 거야. 영혼 없이 다니지
말고 애써 다니는 거야. 그러면서 곰곰이
생각해봤다며 업무 일기 쓰기를 제안했다.

업무 일지가 아니라 업무 일기. 회사 안팎의 일을 구분하지 말고 한데 모아서 이해하면 어때? 그게 나란 사람을 이해하기 더 편한 방법일 수도 있지 않을까? 회사에서 머무는 시간이 아홉 시간이나 되는데 그걸 구분해야 해? 왜 여기에서는 자연스러우면 안 돼? 되나 안 되나 실험해보는 거지. 어때?

완이 하자고 하는 게 무엇이라도 나는 했을 거다. 그때 나는 완에게 무척 의지했다. 완이 시무룩하면 나도 따라 가라앉았고 완이 신나야 나도 신난다는 걸 알고 있었다. 그래서, 완이 말하는 발명이 뭔지 그 알맹이보다 물러서지 않는 것처럼 보이는 기세가 반갑고 좋았다. 선뜻 반대로 생각해보자는 기세가 정말로 발명가의 그것 같아 존경스럽기도 했다. 완의 목소리가 내 마음을 흔들었고, 오랜만에 흥미진진함을 느꼈다. 이런 거구나. 발명은 별게 아니군.
이런 작은 방식으로 가슴이 뛰는 거군.
새로움을 알려주는 완이 좋았다. 그렇게
우리는 함께 쓸 홈페이지를 만들고 각자 글을
올릴 공간을 나누었다. 그리고 한데 일기를
써나가기 시작했다.

　　우리는 서로의 독자, 발견가, 수집가,
친구가 되었다. 그렇다고 생각했다.
그건 진짜로 다른 감각이었다. 안 해본
일이었으니까. 공과 사를 섞는 일. 시시콜콜한
일들을 적고 있자면 다시 중학생이 된 것 같은
기분이었다. 교환 일기를 쓰던 열세 살 시절로
되돌아간 것 같다고 썼더니, 완은 이어지는
일기에 그렇게 썼다. 그런 게 모험 아니겠어?
이런 일이 시간을 되돌리는 거야. 멋지잖아.
야 회사원도 모험할 수 있어! 멋졌다. 그렇게
말하는 완이 멋져 보였다. 누군가의 멋진

모습은 나에게 재미를 주었다. 그건 무척
들뜨는 일이었다. 재밌는 건 별로 없었다.
그 사실을 재미를 느끼고 나서야 깨달았다.
가만히 있으면, 재미는 저절로 오지 않았다.

　　우리가 업무 일기를 써온 기간은
1년이었다. 그건 말 그대로 길다면 길고
짧다면 짧은 시간이었다. 한편으로는 1년이나
직장 동료와 회사에서의 모든 것(하루하루의
기분이나 컨디션, 출근 후 건강 상태, 선후배와의
불화, 자기 어필의 필요성과 그로 인한 수치심,
부당한 평가나 헛소문, 연봉과 연차, 얽히면
좋을 것이 없다는 거래처 블랙리스트와 사내
블랙리스트……)과 나 자신에 대한 거의 모든
것(어린 시절의 일화, 가정환경, 친구 관계, 성질과
성격, 욕구와 불만, 이유 없는 짜증과 얼빠진 소리,
슬픔과 분노, 망상과 농담……)을 거리낌 없이,
오히려 즐거움만으로 공유했다는 게 정말로,

완이 말한 대로 멋진 모험이고 실험이었다는
생각이 든다. 그리고 한편으로는, 1년을 갓
넘기자마자 이유도 알려주지 않고 나에게서
멀어진 완에 기대만큼 깊은 실망과 실망보다
깊은 절망을 느꼈다.

1년이 지난 어느 시점부터 완은 우리의
업무 일기로부터 멀어졌다. 홈페이지에
띄엄띄엄 오다가 오지 않았다. 아무것도 적어
올리지 않았다. 시간이 흐를수록 나에게서
점점 멀어지더니 어느 날 전체 회식 자리에서
임신 소식을 알렸다. 좀 더 시간이 흐르자
출산 휴가를 쓰고 1년간 나오지 않았다. 또
시간이 흘렀다. 나는 이전에 완에게 했던 말,
완만이 들어줬던 말을 누군가에게 털어놓고
싶을 때, 꼭 그걸 털어놓지 않더라도 누군가와
이야기하고 싶어 참을 수 없어질 때면 수경을
찾았다. 완은 내게 이렇다 할 말도 하지 않고

복귀 후에는 다른 팀으로 옮겨 갔고, 이후
퇴사 메일을 보내왔다. 홈페이지는 돌연
폐쇄됐다. 다시 들어가보려고 해도 볼 수
없다.

❖

　내가 모르는 완의 사정이 있다는 걸
못 견디는 날이 있었다. 뭐라도 좋으니까
이유라도 알았으면 싶었던 때가 있었다.
서서히 멀어지던 시기엔 이유를 물으면 안
그래도 멀어지는 완의 속도에 가속을 붙일까
두려워 묻지 못했다. 나를 멀리하는 거
같은데…… 맞나? 나 때문이 아닌가? 임신을
준비하며 말하기 힘든 뭔가를 겪고 있는
건가? 아니면 예측도 할 수 없는 다른 일이
벌어졌나? 하루에도 수십 번 갸우뚱하며

보낸 확신 없음의 나날이었다. 사실을 들어도 감당할 수 있을 만한 걸까 두려워서 묻지 못하는 마음도 있었다.

　이후로는 말하지 않아도 알았다. 우리는 끝났다. 연애나 우정이나, 시작할 땐 양쪽의 마음이 필요하지만 끝날 땐 한쪽의 마음만으로 가능하다는 것이 얄궂다. 실험할 필요도 없는 진리인 것이다.

　왜 한순간에 나와 공유하던 모든 것을 끊어버렸는지, 나에게만 한순간이고 그에게는 오만 순간이 쌓여 그렇게 된 것인지, 영영 알 수 없을 것이다. 수경을 쿡쿡 찔러 그거 물어봐주면 안 돼? 라고 애써 알려고 하면 알 수 있을지도 모르지만…… 그런 실험 같은 건 하고 싶지 않다. 실험의 결과가 궁금하지 않기 때문이다. 혼자서 내린 결론은, 이 헤어짐까지 완이 제안한 실험의 일부일 수도 있을 것이라는 추측이다. 그 추측은 다른 어떤 추측보다 마음에 든다. 그냥, 그렇게까지 생각하는 지경에 이르렀다. 실험이라고 생각하면 좀 낫다. 좀 괜찮다.

완과 함께 실험을 할 때, 나는 사는 게 재미있었다. 그 덕분에 회사에 나가는 것도 견딜 만했고, 솔직히 말하면 괜찮기까지 했다. 학교에 가면 친구들이랑 놀 수 있으니까 학교 가는 게 좋은 초등학생 마음과 다를 게 없었다. 출근해도 괜찮지 뭐. 완이 있는데. 재밌지 뭐. 그렇게 가뿐하게 생각할 수 있게 되었고, 그건 정말 실험의 긍정적인 결과, 성공적인 결과라고 생각했다. 지금도 그 생각엔 변함이 없다. 완의 실험은 무척 급진적이었고, 완에게는 몰라도 나에게는 치료와 치유의 효과가 있었다. 그러나, 실험에 참여한 모두에게 긍정적인 것은 아니었는지도

모르지. 그런 마법 같은 실험이었는지도
모른다. 완과 함께한 일은.

완이 떠나고 나는 한동안 머리를 싸매고
완에 대한 생각을 하다가 지쳐서, 더 이상
생각하지 못할 정도로 지쳐서 마음속에 깊은
구덩이를 파고 관련한 모든 생각들을 던져
넣는 상상을 반복했다. 쓰레기 매립지를
상상했다. 밤마다 잠에 들려고 노력하며
구덩이에 쓰레기를 던지는 상상을 했다.
이제 끝, 진짜 끝. 생각하지 않기로 해.
궁금해하지 않기로 해. 절대로 완에 대한
이야기를 하지 않기로 해. 그런 규칙 혹은
주문 같은 걸 되뇌며 덤덤해지는 연습을 했다.
그러면 그것도 나름대로 발명한 어떤 실험의
일종인지 잠이 왔고, 완의 생각을 하지 않게
되었다.

하루 이틀 만에 된 것은 아니고 꾸준히

하다 보니 정말로 덤덤해졌다. 이것은 나
혼자 성실히 참여한 실험. 묻지 않기. 보채지
않기. 떠나고 싶어 하는 사람을 보내주기.
나대로 살기. 혹은 나대로 살고 싶은 것을
참기. 무덤덤해지기. 기대하지 않기. 실망하지
않기. 누군가를 알려고 하지 않기. 나에 대해
알려주려고 하지 않기.

그래서 수경과 가까워질 수 있던
것인지도 모르겠다. 나는 수경의 이야기를
얼마간 대충 들었기 때문이다. 수경이
중요하게 생각해서 알려준 그에 대한 어떤
것들도, 의아해하지 않고 의심하지 않고 나는
그냥 들었다. 이를테면 연기가 된다는 말도 안
되는 말도. 그래서 에이 말도 안 돼, 하지 않고
그거 멋지다, 좋다, 할 수 있었던 것이다. 대충
듣는 것과 진심으로 듣는 것은 가끔 비슷하게
보일 때가 있다.

수경이 내 안에 던져두고 묻어둔 완에

대한 생각을 슬쩍 들어 올려 나는 강릉에서

돌아온 이후부터 종종 다시 완을 생각했다.

완을 생각하곤 했던 시기의 나를 생각했다.

완은 내 뭘 보고 떠나갔을까? 그런 생각을

했던 나를. 그 생각은 지옥으로 가는 길이

몇 갈래나 있나를 알아보는 모험이나

다름없었다. 내 경우에는 백이십두 개 정도

알아본 것 같다. 재미가 있느냐 하면…… 없진

않았다. 고약하고 쓰라린 재미가 있었다.

그렇지만 그 정도까지만 알아보고 그만두기로

했었다. 모험 중지. 이건 모험소설로 쳐도

주인공이 죽는 모험이었다. 그런 모험이라면

중도 포기가 현명하지.

　　심드렁한 얼굴로 출근을 해서 사무실

책상에 올려놓은, 기치조지에서 온 온천
개구리의 매끈한 표면을 쓰다듬으며 한동안
잘 매어두었던, 그러나 다시 고삐가 풀려버린
생각을 어쩌지 못하고 줄줄이 하고 말았다.
완이 떠나고 나의 권태는 만성이 되어가는데,
완은 요즘 어떨까. 수경은 알고 있을까.
그러다가 문득 어쩌면 나는 개구리는 아니고
우물 그 자체인지도 모르겠다, 는 결론에
이르렀다.

　　시커먼 우물 안엔 내가 못 견디고 던져
넣은 넌더리 나는 자책들이 있고, 그걸
들여다볼 사람은 아무도 없다. 우물인
나밖에 없다. 불만과 우울과 얼빠진 소리가
내 머릿속에서만 맴돌았다. 이런 걸 잘
담기에 적합했던 게 있었는데. 완이 만들어준
홈페이지가 멋진 우물일 때가 있었는데.
얼빠진 소리가 슬픔이 되기 전에 나는 우물

뚜껑을 닫는 상상을 했다.

자꾸 떠오르는 과거에 질식할 것 같아
나는 퇴근 후에 수경에게 전화를 걸어 앞뒤
없이 말했다.

생각하면서 사는 거 싫어. 나도 연기가
되고 싶다.

그러자 수경이 숨을 크게 내쉬는 소리가
들렸다. 보채지 않고 좀 더 기다리자 수경이
이어 말했다.

나는 연기가 되고 싶지 않아.

왜?

미리 보기 싫어. 나는 사실 그 어떤 것도
미리 보고 싶지 않아. 뭔가를 미리 봤는데
그게 진짜로 슬프잖아? 그럼 나는 연기가
되었다가 다시 내 몸으로 되돌아오는 시간이
길어져. 희끄무레한데 단단해서 헤집어지지도
않는 연기로 더 오랜 시간 있게 돼. 그 시간은

아주 외로워.

정말? 그럼 어떻게 해, 너무 슬프면?

그래서 평소에 훈련을 하지. 슬프지
않으려고. 슬픈 일을 얘기할 때도 웃음을
섞어서 농도를 낮추려고. 알맹이는 슬픈
거지만 웃긴 것처럼 포장해서 비율을 낮추는
훈련을 해. 큰 소리로 웃으면 돼. 그러면 좀
속여지거든.

이번에 숨을 크게 내쉰 건 나였다. 그
말을 듣고 해줄 말이 여의치 않아서. 언제나
알 수 없는 것이 지옥이고 재앙이라고
생각했는데. 어쩌면 알 수 없는 것이 무척
대단한 능력인지도 모른다고, 수경은 하지만
나는 하지 않는 훈련 이야기를 듣고 생각했다.
그리고 조금 미안해졌다. 내가 아는 것 같다고
여긴, 모르는 수경에게. 나는 할 수 있는 한
가장 보통의 목소리로 수경에게 물었다.

나를 보는 장면에선 어땠어? 슬픔 비율이.

조금 슬프고, 자주 좋았어. 알지? 너를 볼
때는 연기가 되는 시간이 아주 짧았어.

그렇게 말해주는 수경은 방치된 우물에
찾아와준 행운의 개구리 같았다.

❖

그리고 완을 다시 생각하는 동안 여름이
왔다. 아직 제대로 익은, 물이 뚝뚝 떨어지는
여름은 아니지만, 일교차가 적어지고
초여름의 기운이 완연했다. 여름을 생각하니
조금은 권태가 밀려나는 느낌이 들기도 했다.
여름은 기세가 좋은 계절이니까. 여름에는
옥수수를 우적우적 수박을 수왑수왑 베어
먹어야 한다. 기세 좋게 그렇게 해야 한다.
야금야금은 안 될 일.

좀 다른 관계를 발명할 수 있을 거라고
기대할 때, 그때 나는 기세가 좋고 무척
즐거웠는데. 완과는 그런 걸 할 수 있을 줄
알았다. 그리고 어쩌면 조금은 했다고 믿는다.
그럴 만한 의지가 충분했으니까. 의기투합,
그런 상태였으니까. 그때 문득 생각이 났다.
개구리. 그리고 깨달았다. 나는 상대를 볼
때 그 사람으로 보지 않는다는 사실을. 나는
상대를 나의 거울로 봤다. 마법의 거울처럼
거기에 내가 원하는 게 보였다.

　　나는 수경을 볼 때마다 무척 개구리
같다고 생각했다. 아주 작은데 앉은자리에서
마음먹으면 펄쩍펄쩍 높이 뛰는, 어디로
튈지 모르고 그저 점프력이 엄청난, 점프에의
의지가 엄청난 개구리 같다고 생각하고
부러워했는데, 실은 그게 내가 되고 싶은
거였다는 걸 깨달았다. 나는 수경에게서도

나를 본 것이다. 완에게도 그랬을까. (아,

아니야. 옛날 생각은 금지.)

　　퇴근 후에도 좀처럼 해가 지지 않는 계절.
회사 건물을 나와 버스 정류장을 향해 걷다가
오후에 받은 수경의 메시지에 답장하지
않았다는 걸 깨닫고 전화를 걸었다. 오후에
좀 정신없는 일이 있었기 때문이다. 수경은
나에게 '여름 권태기 타파 여행은 안 가?'
하고 물었다. 그걸 받고 갈까, 말까, 가면
어딜 간다고 할까, 고민하다가 부장에게 불려
가느라 답을 못 한 것이다.

　　수경은 단번에 전화를 받았다. 같이 갔던
강릉이 꽤 좋아서 혹시나 하고 물어봤다고
했다. 그리고 요즘은 어떠냐고 물었다.

　　아직도 연기가 되고 싶어?

　　생각해봤는데…… 난 연기 같은 건 되고
싶지 않아. 되고 싶다면 차라리 개구리 쪽이

맞는 거 같아.

어쩐지 개구리 주더라…….

나는 내가 받고 싶은 걸 남 주나 봐.

수경에게 그렇게 말하자, 입 밖으로
내뱉고 나자 머릿속에서 엉켜 있던 문장이
시원하게 풀리는 느낌이 들었다. 속으로 몇
번이고 되뇌어보았다. 개구리 되고 싶어.
개구리처럼 되고 싶어. 몇 시간이고 같은
자세로 앉아 있을 수도 있지만 마음먹으면
단번에 예상할 수 없는 높이와 거리를
뛰어오르기도 하는. 그런 잠재력이 내 안에
있다고 믿고 싶어. 누가 나를 우물 밖으로
꺼내주기를 기다리고 싶기도 하고, 스스로의
힘으로 제자리 높이 뛰기로 우물 밖으로 나갈
수 있기를 기대하고 싶기도 하고. 아무튼
개구리. 그런 개구리. 수경이 흥미로워하는
것이 느껴졌다. 멀리에 있는데 바싹 붙어 앉은

느낌이었다. 수경이 계속 물었다. 이미 여름
여행은 관심에서 멀어진 것 같았다.

진짜 개구리가 될 수 있다면 어떨 것
같아?

내내 혼자니까 좀 외로울 것 같아. 우물
안에선 혼자니까.

연기가 되는 거랑 비슷할 거 같아?

아마도. 그런데 그런 외로움 좋을 것 같아.
오래 웅크리고 있는 것도 나쁘지 않을 것
같아.

가끔 뛰고?

응.

생각지도 못하게 수경과 개구리 이야기를
한참이나 했다. 두런두런. 얼빠진 소리와
망상과 농담이었다. 아 맞다. 그러다가 생각이
났다. 나는 머뭇거리다가 말했다.

수경 나 오늘…… 팀장 됐다?

내 말이 끝나자마자 수경의 우렁찬
웃음소리가 들렸다. 아…… 진짜 민망하네.
나는 중얼거렸다. 수경이 듣지 못해도
상관없을, 멋쩍고 허탈하고 그러면서 어딘지
시원한…… 속마음이었다.

퇴사하고 싶다더니.

바로 취소했잖아.

되고 싶은 거 없다더니.

되고 싶은 거 아니었어.

근데?

나쁘지 않아.

어쩐지 카드가 황제더라…….

그냥 좀, 아직 바뀔 게 뭐가 더 있다고
생각하니까.

권력욕이었네…….

수경은 말하는 사이사이 짧은 틈에도
웃음을 참지 못했다. 나는 두서없이 오후의

일을 설명했다. 아니 난 당연히 다른 사람일 줄 알았거든, 생각지도 못했거든, 근데 갑자기 와보라잖아……. 내가 무슨 말을 해도 수경은 놀릴 준비가 되어 있었다. 어때 설레? 팀원들 맞이할 생각에 짜릿해? 진짜 하지 말라고…… 걱정이 태산이야……. 내가 거의 울먹거리자 수경은 그제야 알았어 미안 미안, 하며 웃음을 그쳤다. 그리고 말했다.

한동안 정신없겠지?

아마도?

그럼 이제 우리 자주 못 놀겠네.

그러려나.

내가 대답하자 수경은 몇 초간 말이 없었다. 보채기 금지였지만 어쩐지 다급해진 나는 스스로 세운 규칙을 건너뛰기로 했다. 여보세요? 수경? 불러도 말이 없었다. 휴대폰 너머 공기가 멈춘 것처럼 적막했다.

수경,

하고 다시 한번 부르자,

가은, 상황이 바뀌면 네가 완이 되기도 할
거야.

…….

가끔 내 우물에 놀러 와.

그 순간 나는 수경이 나와 있던 그 어느
때보다 가장 긴 시간 동안 연기가 되었다가
되돌아온 걸 알 수 있었다.

작가의 말

　이 소설의 작가의 말을 쓸 무렵에 토베
디틀레우센의 소설 《의존》을 다시 읽고
있었다. 《개구리가 되고 싶어》를 생각하며
《의존》을……. 퍽 어울리지 않아 보이는 두
소설이지만 나는 그런 걸 겹쳐 읽는 일을
좋아한다. 그런 우연이 독서로부터 받을 수
있는 것을 서너 배로 만들어주는 것 같다.
《의존》이 그런 내용은 아니지만 나는 그
책에서 이번에 《개구리가 되고 싶어》와
어울리는 문장을 하나 고를 수 있었다.

"그것은 이런 문장이었다. '내게 소중한 것들은 불안과 장거리 여행이다.'"[*] 이 문장은 주요한 인물의 입에서 나오는 것이긴 하지만 그 스스로에 대해 설명하는 말이 아닌 스쳐가는 말에 가깝다. 토베의 첫 번째 남편 비고 F.가 모임에서 만나는 어떤 작가를 평가하며 하는 말이다. 비고 F.는 그 작가가 쓴 문장 중 괜찮은 건 그 문장밖에 없다고까지 말한다.

　나는 그 문장을 《개구리가 되고 싶어》의 가은에게 쥐여주고 싶었다. 10년 차 직장인으로서 오래된 권태를 부수기 위해 이런저런 여행을 다녀보는 가은에게. 이외에도 가은에게 어울릴 문장들이

● 　토베 디틀레우센, 서제인 옮김, 《의존》, 을유문화사, 2022, 34쪽.

많지만 말이다. 가은은 일과 삶의 권태에서
허우적거리는 인물이다. 내가 쓰는 소설이
언제나 그렇듯, 현실의 내가 일과 삶에 권태가
닥쳐 당황스러워 어찌할 바를 모를 때 나도
모르게 구상하게 된 인물이다. 그때의 솔직한
마음을 써보자면, 권태를 맞닥뜨린 인물을
소설로 쓰고 싶지 않았다. 내가 쓰는 소설에는
언제나 내가 소중하다고 여긴 것들이 들어가
있는데, 권태에 빠진 인물을 소설 속에
그리려면 당시 나의 삶에서 권태라는 감각이
무척 중요했다고 인정해야 하기 때문이었다.
그걸 인정하기 싫었던 것 같다. 권태 같은 건
나와 어울리지 않는다고, 권태로울 자격이
내게는 별로 없다고 생각했다.

그러나 결국 소설에 나와 비슷한 감각을
느끼는, 권태라는 이불 속에 폭 들어가
무겁기도 따뜻하기도 한 그 속에서 나오고

싶기도 나오고 싶지 않기도 한 인물을 쓰고
나서야 나는 뒤늦게 나의 권태를 권태 그
자체로 인정하게 되었다. 그래, 그때의 나는
물먹은 솜 같았던 거야. 경이와 경외가
힘을 못 쓰던 시기, 이유를 찾자면 찾을 수
있겠지만 이유를 찾는대도 건히지는 않는
느릿느릿한 마음, 그런 것에 몰두해 있던
거야. 이런 내게도 토베의 문장 하나를
쥐여줘본다. "무언가가 조금 잘못돼 있다는 걸
알지만, 그 점에 대해서는 생각하지 않으려고
애를 쓴다."• 그때의 나는 그런 마음이었다.
뭔가 잘못된 걸 손으로 더듬더듬 짚어 그게
거기에 있다는 걸 확인했는데, 눈을 뜨고 직접
보려고 하지는 않는 것이다. 원인을 알고 나면
그걸 해결하기 위해 노력해야 하니까. 그런데

• 　같은 책, 9쪽.

나는 지금 아직 힘이 없는걸.

    나는 내가 야망이 있었으면 하는
마음으로 이 소설을 썼다. 어떤 야망이든
상관없이 권태만은 아니었으면 하는
마음으로. 새롭고 흥미진진하고 진지하고
싶은 마음으로. 야망이라고 하면 나와
무척 안 어울리는 단어 같지만 사전에서
야망의 뜻을 찾아보면 '크게 무엇을 이루어
보겠다는 희망'. 그러면 얼추 어울리기도
한다. 크든 작든 뭔가를 이루어보겠다는
마음도 야망이라면. 그리고 시간과 소설
덕분에 지금은 권태로부터 확실히 좀 멀어진
것 같다. 애써 아니라고 하고 싶었지만 결국
이 소설을 쓰고 나서, 그때의 권태도 나에게
소중한 것이었구나 하고 생각해본다. 새롭고
흥미진진하고 진지하게. 그러니까 내가

이번에도 역시 내게 소중한 것을 소설로 썼구나. 그때의 나는 몰랐지만, 몰랐으면서도 사실 알고는 있던 거다. 직접 보지는 않지만 손으로 더듬더듬하는, 그 정도로.

이 소설의 얄궂은 점 중 하나는, 권태에 시달리던 직장인 가은은 일이 재미없어 퇴사를 바라다가 팀장이 되지만, 비슷하게 직장인이던 나는 어서 이 무거운 권태를 벗고 다시 일에 열중하길 바라다가 퇴사를 했다는 점이다. 이 책은 내가 오래 다니던 회사를 그만두고 출간되는 첫 책이다. 그런 게 재밌다. 시간이 지나 내가 또 어떤 다른 일을 하게 될지, 다시 직장을 가지게 될지 모르는 일이지만 사랑하는 편집 일을 가르쳐준 회사를 그만두고 당분간은 소설과 소설 외의 글을 쓰며 살아가야 하는 나에게 마지막으로 토베의 문장을 하나 더 건네본다.

"나는 그저 쓰고 있을 뿐, 이 글은 훌륭할 수도 있고 그렇지 않을 수도 있다. 가장 중요한 점은, 언제나 그랬듯 내가 글을 쓸 때 행복을 느낀다는 것이다."•

2024년 11월

김화진

• 같은 책, 12쪽.

김화진 작가 인터뷰

Q. 《개구리가 되고 싶어》는 어떤
아이디어를 시작으로 탄생하게 되었나요?
역시 제목과 도입부에 나타나듯 가은이
"도쿄 어느 동네의 작은 가게"(7쪽)에서 사온
반신욕 개구리 인형일까요? 소설 속 장면이나
대사 중에서 개인적으로 가장 애착을 가지신
부분은 어디였을지도 궁금합니다.

A. 네, 사무실 제 자리에서 저를
지켜봐주던 도자기 개구리 인형으로부터
탄생했습니다. 맹하고 좋은 얼굴이었어요.
어느 연말에 도쿄에 갔는데, 생각보다 잘
즐기지 못했어요. 모든 게 너무 많고, 크고,
복잡해서 어정대다가 온 것 같습니다.
도쿄 처음 가본 사람답게 서울에 돌아와서
친구들에게 도쿄는 명동 거리가 막 네 개 정도
붙어 있는 것 같다고 호들갑 떨던 기억이

나네요……. 기치조지에서 개구리 인형과 그릇을 잔뜩 샀던 순간이 가장 즐거웠어요. 그런 즐거움을 압축해 도자기 개구리 인형에 담으며 기도했습니다. 내가 즐겁게 지낼 수 있게 도와줘……. 사실 도와준 건 개구리가 아니라 주변 친구와 동료들 덕분인 것 같지만, 보기만 해도 기분이 좋아지니까 개구리 인형도 한몫한 셈 치기로 했어요. 소설에서 제가 가장 좋아하는 부분은 가은과 완이 업무 일기를 쓰는 부분입니다. 정확히 말하자면 업무 일기를 쓰던 시절을 돌아보는 가은의 부분이요. "야 회사원도 모험할 수 있어!"라고 말하는 완을 그리워하는 가은. 비록 멀어졌어도 그런 순간이 있었다는 건 행복감을 주는 것 같습니다.

Q. 가은이 느끼는 권태감은 '크루아상'처럼 여러 겹의 레이어를 가지고 있어요. "무엇에도 설레거나 기대하지 않는다는 것"(16쪽)이기도 하고, "현재 상태에 대한 불만족"(25쪽)이거나 "하고 싶은 게 진짜 없"(34쪽)는 것이기도 하고요. 연차가 쌓인 직장인이라면 누구나 피할 도리 없이 맞이하는 순간들이 한 개의 크루아상으로 빚어진 것 같기도 해요. 가은의 크루아상은 은은한 분노를 따끈따끈하게 품은 권태의 빵이었죠. 작가님의 마음속에서 부풀어 올랐던 크루아상은 어떤 모양이었나요? 권태를 이겨내기 위한 가은의 방법은 여행이었는데, 가은과 비슷한 순간이 찾아왔을 때 작가님은 어떻게 해결하셨을지도 궁금해요. (과연 해결이라고 부를 수 있다면 말이죠…….)

A. 이 소설을 쓰기 전 저도 그런 시기를 지나고 있던 것 같아요. 나도 이런 내가 싫어서 다시 힘을 내보자, 하고 한 주의 시작인 월요일마다 결심을 하는데 화요일 저녁에 아 힘내기 싫은데…… 라고 울상을 짓는 나날이요. 그런 게 찾아오는 이유는 다양하겠죠. 너무 많은 일을 해서일 수도 있고, 신입 사원일 때는 몰라도 되던 것들을 알아야만 하는 연차가 되어서일 수도 있고, 혹은 가은처럼 숨 쉴 곳이 되어주던 동료가 떠나서 웃을 일이 사라져 버려서일 수도 있고요. 그런데 소설에 썼듯 그 권태의 다른 얼굴은 '이게 다인가? 더 재밌을 수도 있지 않나?' 하는 아주 얇게 펴바른 듯 깔려 있는 속마음이지 않을까, 하는 생각을 해보았어요. 저는 제 마음에 드는 의구심의 정체가 하나가 아닐 때 소설을 쓰고 싶어지는데, 그 소설을

완성하면 기분이 좋아요. 그래서 (재미없는

답이지만) 소설을 쓰며 다소 해결하는 듯해요.

Q. 《공룡의 이동 경로》에 수록된 단편소설 〈사랑의 신〉의 주인공 주희가 제목 그대로 '사랑의 신'이라면, 《개구리가 되고 싶어》의 수경은 "즐거움의 신"(13쪽)이에요. 라테 한 잔을 마셔도 산뜻하게 즐거워하는 수경을 보고 있자면 "너는 어쩜 그렇게 좋니? 왜 볼 때마다 좋니?"(30쪽) 하는 가은의 독백이 절절하게 와닿게 돼요. 하지만 같은 장면을 두 번 볼 때의 연기가 된 수경은 그리 즐거워 보이지 않아요. 오히려 슬퍼 보이기도 하거든요. 작가님께서 수경으로부터 얻고자 했던 '즐거움'은 어떤 모습인지, 수경이 작가님에게도 즐거움의 신이 되어주었는지 궁금해집니다.

A. 주희도 수경도 사실 남들이 붙여준 별명과는 상관없이 슬픈 사람들이라는 생각이

들어요. 반대로 너무 슬픈 사람도 어떤 사람이 보기엔 사랑의 신처럼, 즐거움의 신처럼 보일 수 있다는 점이 제가 좋아하는 인간관계의 얄궂음입니다. 수경 같은 사람 좋죠. 슬퍼지는 순간을 알고, 멋대로 아무 데서나 슬퍼지지 않으려고 노력하고, 슬픔만을 이야기하지 않으려고 애쓰고, 권태에 빠진 친구의 상태를 알아채주고, 듣기 좋기만 한 소리는 아니지만 들으면 좋은 말을 한번씩 해주는 친구요. 수경은 슬픔을 알아서 즐거움을 개발할 수 있는 사람인 것 같고, 그 면이 가장 특별하다는 생각이 듭니다. 수경을 보며 슬퍼도 즐거울 수 있다는 걸 한 번 더 생각했고 그래서 저에게도 위로와 회복이 되었어요.

Q. 가은의 힘든 신입 생활을 견디게 해준 동료이자 친구인 완은 "좋음을 발명하는 방식으로"(41쪽) 회사 생활을 해보자고 제안합니다. 완과 함께 "좋음을 발명"하는 시간은 가은의 회사 생활을 모험으로 만들어주었어요. 하지만 모험에는 끝이 있고, 가은과 완의 홈페이지도 폐쇄되었죠. 좋음을 발명하는 일은 결국 누구와도 함께할 수 없는 혼자만의 과업이 아닌가 하는 생각도 듭니다. 작가님께도 좋음을 발명하기 위한 혼자만의 비법이 있나요?

A. 좋음을 발명하는 일은 분명 혼자만의 일, 나에게 달린 일인 것 같지만…… 함께할 때 증폭되는 성질도 분명 있는 것 같아요. 저는 즐거움을 찾으려고 여러 책들을 뒤지고, 그렇게 읽은 책의 유쾌한 구절을 잊지

않기 위해 친구들에게 말해요. 있잖아, 나 이번에 진짜 재밌는 소설을 읽었는데 거기 주인공이 이렇게 말하는 거야……. 너무 좋지 않니? 그런 생각으로 살면 너무 좋을 것 같지 않니? 하고요. 그렇게 말하는 순간 조금씩 더 좋아져요. 최근에는 너구리를 좋아해서 소설에 거듭 등장시킨 작가 모리미 도미히코 이야기를 했는데, 그걸 듣던 친구 중 하나가 다른 친구를 가리키며 "(너) 너구리 아니야?"라고 말해서 웃었어요. 그 순간이 기억에 남아요. 우리는 사실 너구리였던 거야……. 그런 대화를 함께 나눴던 걸 떠올리면 가은과 완이 모든 걸 공유했던 홈페이지 같은 게 저에게도 있다는 생각이 들고, 그러면 생활의 권태 같은 게 좀 씻기는 듯한 기분이 들어요.

Q. 온천욕 하는 개구리, 행운의 개구리, 경칩의 개구리, 우물 안의 개구리……. 소설을 읽으며 이런저런 개구리들 생각을 하다가 문득 제 책상 위에 놓인 작은 인형들도 돌아보게 되었어요. 파티션 양쪽을 가득 메운 책들의 더미 속에서 어떻게든 자기 자리를 지키고 있더라고요. 누군가는 '예쁜 쓰레기'에 지나지 않는다고 할 소소한 물건들이 위로를 주는 순간이 있죠. 개구리 말고도 작가님께 위로나 응원을 주며 책상 위를 지키는 사물들, 작은 친구들이 있나요? 그것들을 그 자리에 놓으실 때의 작가님 마음에 대해서도 슬쩍 들려주세요.

A. 소설 속 가은은 권태의 터널을 지나 팀장이 되었는데, 저는 반대로 권태가 지나간 이후 퇴사를 했어요. 소설 속 인물이 한

선택을 저는 하지 않고, 현실의 제가 하는
선택을 소설 속 인물은 절대 하지 않을 때가
있는데 소설과 현실의 서로 다른 방향이
좀 재밌습니다. 이 얘기를 왜 했냐면……
사무실의 제 책상에는 개구리 인형을 비롯한
별별 동물 친구들이 다 있었어요. 퇴사를
하게 되면 이런저런 일들로 정신이 없는데,
이 인형 치우기도 정신없음에 한몫했다는 걸
말씀드리고 싶어서입니다. 토끼, 다람쥐, 새,
개구리, 사슴, 유령, 곰돌이, 트리케라톱스
등의 인형들이 2열로 서 있었어요. 제가
랜덤으로 나오는 작은 인형들을 좋아해서……
보이면 매번 냅다 샀거든요. 다들 좀 (ˊ_ˋ)에
가까운 표정을 하고 있어서 그게 좋았어요.
무슨 일에도 그냥 심드렁…… 별일 아니다…….
그렇게 말해주는 것 같아서요. 사무실에
있으면 작은 일에도 마음이 쿵 떨어지곤

했거든요. 제가 시끄러운 외부로부터 마음을
다스리는 방식은 그런 것인 모양입니다.
심드렁한 마음으로 살아가기. 그걸 도와주는
심드렁한 표정의 인형들이 좋아요.

한 조각의 문학, 위픽 (wefic)

구병모 《파쇄》

이희주 《마유미》

윤자영 《할매 떡볶이 레시피》

박소연 《북적대지만 은밀하게》

김기창 《크리스마스이브의 방문객》

이종산 《블루마블》

곽재식 《우주 대전의 끝》

김동식 《백 명 버튼》

배예람 《물 밑에 계시리라》

이소호 《나의 미치광이 이웃》

오한기 《나의 즐거운 육아 일기》

조예은 《만조를 기다리며》

도진기 《애니》

박솔뫼 《극동의 여자 친구들》

정혜윤 《마음 편해지고 싶은 사람들을 위한 워크숍》

황모과 《10초는 영원히》

김희선 《삼척, 불멸》

최정화 《봇로스 리포트》

정해연 《모델》

정이담 《환생꽃》

문지혁 《크리스마스 캐러셀》

김목인 《마르셀 아코디언 클럽》

전건우 《양심》

최양선 《그림자 나비》

이하진 《확률의 무덤》

은모든 《감미롭고 간절한》

이유리 《잠이 오나요》

심너울 《이런, 우리 엄마가 우주선을 유괴했어요》

최현숙 《창신동 여자》

연여름 《2학기 한정 도서부》
서미애 《나의 여자 친구》
김원영 《우리의 클라이밍》
정지돈 《현대적이라고 말할 수 없는 죽음들》
이서수 《첫사랑이 언니에게 남긴 것》
이경희 《매듭 정리》
송경아 《무지개나래 반려동물 납골당》
현호정 《삼색도》
김 현 《고유한 형태》
이민진 《무침》
김이환 《더 나은 인간》
안 담 《소녀는 따로 자란다》
조현아 《밥줄광대놀음》
김효인 《새로고침》
전혜진 《고르디우스의 매듭을 자르면》
김청귤 《제습기 다이어트》
최의택 《논터널링》
김유담 《스페이스 M》
전삼혜 《나름에게 가는 길》
최진영 《오로라》
이혁진 《단단하고 녹슬지 않는》
강화길 《영희와 제임스》
이문영 《루카스》
현찬양 《인현왕후의 회빙환을 위하여》
차현지 《다다른 날들》
김성중 《두더지 인간》
김서해 《라비우와 링과》
임선우 《0000》
듀 나 《바리》
한유리 《불멸의 인절미》
한정현 《사랑과 연합 0장》
위수정 《칠면조가 숨어 있어》
천희란 《작가의 말》
정보라 《창문》
이주란 《그때는》
김보영 《헤픈 것이다》
이주혜 《중국 앵무새가 있는 방》

정대건 《부오니시모, 나폴리》

김희재 《화성과 창의의 시도》

단 요 《담장 너머 버베나》

문보영 《어떤 새의 이름을 아는 슬픈 너》

박서련 《몸몸》

금정연 《모두 일요일이야》

박이강 《잡 인터뷰》

김나현 《예감의 우주》

김화진 《개구리가 되고 싶어》

위픽은 위즈덤하우스의 단편소설 시리즈입니다.
'단 한 편의 이야기'를 깊게 호흡하는
특별한 경험을 선사합니다.

이 작은 조각이 당신의 세계를 넓혀줄
새로운 한 조각이 되기를.
작은 조각 하나하나가 모여
당신의 이야기가 되기를.

당신의 가슴에 깊이 새겨질
한 조각의 문학, 위픽

위픽 뉴스레터 구독하기
인스타그램 @wefic_book

- 75

개구리가 되고 싶어

초판 1쇄 발행 2024년 12월 11일
초판 3쇄 발행 2025년 2월 17일

지은이 김화진
펴낸이 최순영

출판2 본부장 박태근
스토리 팀장 김소연
편집 곽선희 김다인 김해지
디자인 김준영 이세호

펴낸곳 ㈜위즈덤하우스 **출판등록** 2000년 5월 23일 제13-1071호
주소 서울특별시 마포구 양화로 19 합정오피스빌딩 17층
전화 02) 2179-5600 **홈페이지** www.wisdomhouse.co.kr

ⓒ 김화진, 2024

ISBN 979-11-7171-726-2 04810
　　　 979-11-6812-700-5 (세트)

값 13,000원